U0474577

云霄心韵

曹津 著

西南大学出版社

图书在版编目（CIP）数据

云霄心韵 / 曹津著 . -- 重庆：西南大学出版社，2023.12

ISBN 978-7-5697-1939-0

Ⅰ.①云… Ⅱ.①曹… Ⅲ.①诗集—中国—当代 Ⅳ.① I227

中国国家版本馆 CIP 数据核字 (2023) 第 182424 号

云霄心韵
YUNXIAO XINYUN

曹津 著

责任编辑：	张　昊
责任校对：	李　君
装帧设计：	散点设计
排　　版：	杨建华
出版发行：	西南大学出版社（原西南师范大学出版社）
印　　刷：	重庆市正前方彩色印刷有限公司
成品尺寸：	160mm×235mm
印　　张：	9
字　　数：	110 千字
版　　次：	2023 年 12 月第 1 版
印　　次：	2023 年 12 月第 1 次
书　　号：	ISBN 978-7-5697-1939-0
定　　价：	58.00 元

代序 云霄心韵，一首天籁之歌

张昊

曹津老师的诗集《云霄心韵》即将付梓，翻看着淡洁素雅而重若千钧的样书，心中佩敬叹服。他发来信息，嘱我写上几句，我才疏学浅，不敢托大，只有勉力为之，写几句浅薄的读后感。

吾生也晚，2022年9月末和曹津老师相识，而今算来，不过月余，虽尚未蒙面，却一聊如故，相逢恨晚。一方面，固然因为他毕业于西安某部队院校，有着十余年的军旅生涯，而我则曾在重庆某部队院校工作过几年，勉强可叫他一声"战友"；另一方面，更多的，则是源自他的诗集。

所谓"诗之兴也，谅不于上皇之世"（郑玄《诗谱序》）。赤县神州，自古以来就号为诗歌之国。"言为心声""文如其人"的说法，更是深入人心。汉儒扬雄有言："故言，心声也；书，心画也。"（《法言·问神》）苏轼的《答张文潜书》有言："其为人深不愿人知之，其文如其为人。"世事玄妙，人心繁杂，隔着肚皮，最难的莫过于"知人心"。而作为"诗人灵魂的直写"的诗歌，是了解一个诗人，最便捷，也最高效的工具。

这本《云霄心韵》收录了曹津历年来所写的一百余首诗歌。时间上起1979年6月，他自家乡西安鄠邑启程赴长春航校学习，最末一首则写于2022年7月的高温炎夏，熔炼了四十三载葱茏岁月。

　　少年时光，总是最让人难忘，正如这本诗集的名字，"云霄"二字，就来自诗人对那段云端军旅岁月的怀念。1979年6月，年仅十八岁的曹津，少小离家，远赴"丁香之城"长春学习，从此加入了光荣的人民空军。壮志在胸，诗兴难抑，他张口吐出这首豪情万千的《赴长春航校》："秦岭太行又燕山，五千里路两三天。丁香城里花似锦，雄鹰队中梦有缘。畅想南沙巡碧海，展望领空灭狼烟。北国如意春风到，青春岂能似等闲。"这一首诗里藏着"男儿何不带吴钩"的壮志，藏着金戈铁马的"刀剑声"，气冲霄汉。还有这首《渔家傲·单飞》："鸟将出巢夜将旦，狼将号叫花将灿，白雪茫茫乌云乱，朔风贯，滑舱举手远教练。// 排排战鹰接伙伴，少年英姿梦呼唤。晨曦光明炊烟漫，军徽艳，拔地而起上霄汉。"该诗写于诗人首次驾驶战鹰单飞之际，"鲜衣怒马少年时"，豪气干云。

　　然而，少年总也要成长，些许挫折，更是人生磨砺的必备。于是，有了这首《渔家傲·被训话反省》："寂寞空屋心烦透，下楼走走出营部。捡起青枝甩山路，夕霞秀，无心任凭美无数。// 夜来月光皎洁处，梧桐夹道人形瘦。反思管训有错误，学不够，一篇作罢留笑后。"可见，这位鲜衣少年，就算遇到挫折，也不过将其寄予清风明月，转而又笑傲长空去也。事实上，在整本《云霄心韵》的百余首诗作中，我所偏爱的恰恰是这一首，毕竟，在这样一本时间跨度如此之长，带有人生总结性质的诗集之中，敢于把自己的挫折岁月纳入其中，需要极大的气度与智慧。恰如这一首《自勉诗》："世事沧桑几轮回，你不为时他有为。且把青春作快马，踏破千山犹可追。"

　　弹指一挥间，"跃马长安市"的少年，自然会步入家庭，所谓"无情未必真豪杰，怜子如何不丈夫"，这本诗集中不可免的，自然还有吟咏天伦之乐的诗词，如《扶孩学步》："秋日渝州水潭，碧桃线柳舟船。娇女蹒跚学步，屈指流年岁半。岁月匆匆天穹下，感叹莫过育小儿。"再如《回乡春节》："凭空一跃川陕间，数千里地小时还。殷勤飞雪来相送，猛烈爆竹洗尘烦。父母恩情千秋在，手足情谊道不完。大家饮宴长守岁，国事家事彻夜谈。"还有《回乡（一）》："故土别春二十年，鸟声花语争趋前。旧景斑驳影犹在，新人新舍新果园。"

　　"客舍似家家似寄"，游子漂泊，建功立业，午夜梦回，所不免的依然是思乡。

　　王国维《人间词话》有言："昔人论诗词，有景语、情语之别，不知一切景语，皆情语也。"所谓"感时花溅泪，恨别鸟惊心"，对于诗人来说，最好的传达情绪的手法，莫过于那些"景语"。写景诗，也是《云霄心韵》中占比最多的。如《秋词六句》："浓云低敛秋开幕，大风吹起寒衣步，萧条庭院闲人住。日暮雨斜残塘里，败叶纷飞门前树，菊花不减香如故。"再如《浣溪沙·南山枇杷林》："山下灯火醉红尘，九天瘴雾匿星云，青山孤影梦里人。//一从春雨初晴后，寄予枇杷结香魂，何期明月照如轮。"《游三清山》："云岭新绿一重重，满目青川列画屏。桃杏花开堆锦绣，蝴蝶飞舞斑旅程。怪石耸立凌天险，栈道横斜万丈空。三清山上夕照晚，金蛇昂首眺华东。"含蓄隽永，回味无穷。

  行文至此，读者诸君，您是否有了和我一样的感受呢？是的，这样的诗歌，这样的诗人曹津，是让人可亲可敬的、是丰富的，这样的诗作，是隽永的、是回味无穷的。至于诗词格律，我所学本来只是现代新诗，对于格律是门外汉，只能"存而不论"了。但既然是"诗人灵魂的直写"，又何必去纠结那些条条框框呢？近来，我总以为，有些东西，是刻进了中华儿女基因里的，譬如我初次建家，总很反感那些"实木"家具，后来似乎一过三十岁，就开始对手串、木制品、奇石、中医、书法乃至国术等传统文化越来越感兴趣。在曹津老师的影响下，居然也开始尝试着写一些旧体诗词。凝练、隽永、经过仔细推敲的语词，实际上最适合表达中国人的情绪和才情。

　　祝贺诗人曹津，感谢诗人曹津，为我们提供了这样一本优秀的诗集，我向他学习，向他致敬，敬礼！

2022 年 10 月 23 日

作者系中国报告文学学会会员、重庆市作家协会会员、重庆市新诗协会会员、重庆市报告文学学会会员、重庆文学院第三届高研班学员、北碚区作家协会副主席兼秘书长

目录 / Contents

鹰击长空

赴长春航校	3
卜算子·南湖春	4
菩萨蛮·长春大屯	5
渔家傲·单飞	6
营地冬景	7
夜航小令	8
沁园春·夜航	9
如梦令·长白山	11
减字木兰花·冬季机场	12
鹧鸪天·元旦	13
开原机场望野	14
醉花阴·风雪哨所	15
故乡梦	16
鹧鸪天·立春	17
乡下拉练	18
小重山·毕业考试	19
渔家傲·被训话反省	20
渔家傲·领空巡逻	21
游千山二首	22
醉花阴·转场迁营	24
小重山·机场之晨	25

塞上春	26
春节	27
登骊山	28
临江仙·探亲回乡	29
穿云航行	30
复别书	31
南湖雾凇	32
校园夜思	33
风声	34
杨家山	35
山居	36
登中梁山	37
夏日巡山	38
步云桥怀古	39
寄友	40
登歌乐山	41
重庆雪	42
雨后清晨	43
遗址感怀	44
临江仙·川江渡口	45
自勉诗	46
扶孩学步	47
北碚嘉陵江	48

目录 / Contents

蜀中秋雨	49
访友不遇	50
赤峰	51
回乡春节	52
冬日嘉陵江	53
四兄弟春节	54
回乡	55
过华蓥山	56
校园·桃花溪	57
秋词六句	58
回大连	59
感春	60
无题	61
川主寺	62
浣溪沙·南山枇杷林	63
宿密云白河岛	64
龙安水库防汛归途	65
夜宿太极岛	66
黑山秋	67
悟道	68
乌江之春	69
川西高原	70
黄龙	71

题山庄	72
金佛山	73
蜈支洲岛夜雨	74
游三清山	75
题菊	76
赞微信群自摘果园照	77
水调歌头·咏雪	78
自驾川西	80
题神龙峡	81
忆长春	82
陕北壶口瀑布	83
疲惫思	84
春游	85
归乡	86
高速路早春	87
大观镇	88
林荫道上	89
行川陕高速	90
菩萨蛮·都江堰	91
祭母四言诗	92
自省诗	93
山行	94
念奴娇·风的回忆	95

避暑	97
方队赞	98
嘉陵江春	99
暑假忧农	100
拟悬空寺冬僧	101
蜀院春	102
山居云雾	103
摄夏景	104
过祁连山	105
涝峪口	106
行关中环线	107
楼观台	108
秦川之魂	109

梦的笔记

春的气息	112
槐树的风景	113
陕北童年	114
中梁山古蜀道	115
梦的笔记	117
演唱会之夜	119
是不是还记得——军校校庆之歌	121
假如……如果……	125

鷹長安空

云霄心韵

赴长春航校

秦岭太行又燕山,
五千里路两三天。
丁香城[1]里花似锦,
雄鹰队中梦有缘。
畅想南沙巡碧海,
展望领空灭狼烟。
北国如意春风到,
青春岂能似等闲。

1979年6月

---

1 长春市市花为丁香,故名丁香城。

卜算子·南湖春

绿柳软游丝，
碧水牵云步，
一夜甘霖净凡尘，
惆怅应无故。

想想小白梅，
看看丁香树，
成长之时烦恼来，
壮志凌云处。

1979年8月

菩萨蛮·长春大屯

梧桐画境疏枝冷，
路灯浑浊迷人影。
暮色下林间，
寒霜四月天。
大河当解冻，
裂岸有冰涌。
何事困心神，
崎岖长苦辛。

1980年4月

渔家傲·单飞

鸟将出巢夜将旦，
狼将号叫花将灿，
白雪茫茫乌云乱，
朔风贯，
滑舱举手远教练。

排排战鹰接伙伴，
少年英姿梦呼唤。
晨曦光明炊烟漫，
军徽艳，
拔地而起上霄汉。

1981年1月

营地冬景

散步营地外,
景象似又新。
夕阳荒远影,
暮色近人村。
路转人不转,
天昏人不昏。
满地晶莹雪,
无梅也精神。

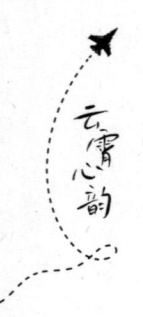

夜航小令

月光，星光，灯光，
参差交汇机场。
今夜醉何处，
这般使人难忘，
夜航北疆，
一片彩色映霜。

1981 年 3 月 18 日

沁园春·夜航

暮色气寒，
星辰渐起，
机场城南。
七彩灯燃亮，
一片辉煌，
战鹰呼啸，
远近穿插。
舞台当空，
英姿流畅，
只争朝夕本领强。
少年梦，

能大鹏展翅，
威震海疆。

空间无限茫茫，
看翼下长春入舷窗。
叹城市夜景，
如此壮丽，
明珠堆撒，
繁荣之光，
若逢月夜，
镜随松花，
玉兔嫦娥伴巡航。
酬壮志，
添故国之美，
更有昂扬。

1981 年 4 月

如梦令·长白山

山上壑幽千道，
晴霭卷舒缭绕。
身处九重天，
俯瞰坤舆地貌。
记要，记要，
严防敌人强盗

1981年5月

减字木兰花·冬季机场

河山雪漫,
薄被不堪寒夜伴。
睡意无踪,
风劲吹醒故土梦。
军号骤响,
刺破松辽霜叶嶂。
装备轻行,
车进机场日未升。

1982 年 3 月

鹧鸪天·元旦

林里营房半掩间,
夕阳晚照艳云天。
鸟群枝上喳喳乐,
琴管穿窗袅袅传。

日将暮,气尤寒,
冷风嗖嗖院庭间。
那边为庆新年至,
锣鼓弦歌吹又弹。

1981年12月

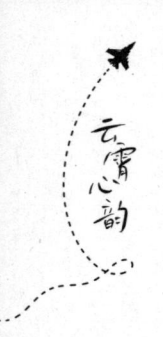

开原机场望野

乱岗孤零树,
淡云来往天。
寒日立衰草,
落寞一少年。

1981 年 12 月

醉花阴·风雪哨所

风逐乱絮绕树奔，
上岗出营门。
枯枝嘶竭响，
呜呜头顶，
一时雪纷纷。

出哨归来已黄昏，
踏雪更精神。
入冬天干旱，
今日落下，
足有一尺深。

1982年1月

故乡梦

梦回乡枕正好春,
桃杏如霞燕尾分。
醒来犹是东风面,
告与异乡知己人。

1982 年 2 月

鹧鸪天·立春

料峭初春暖又寒，
冷云出没雪冰残。
远城落处起重岭，
雁字一痕疾似船。

冬已尽，备春衫，
欲迎郊野绿新还。
莫惜岁岁游青费，
水远山高近半仙。

1982年2月

乡下拉练

出门潮湿气,
上路舒容风。
乍暖还春意,
人自好心情。
天高澄日照,
地阔远山重。
抬头望归雁,
战训远军营。

小重山·毕业考试

昨日雨停时已暮,
夜来星空璨,
风好凉。
一弯新月出云墙,
积水碎,
更深月离窗。

清溪涨河床,
拂晓飞行去,
赶考场,
路外青苗玉米壮,
暗祈祷,
毕业去南方。

1982 年 7 月

渔家傲·被训话反省

寂寞空屋心烦透，
下楼走走出营部。
捡起青枝甩山路，
夕霞秀，
无心任凭美无数。

夜来月光皎洁处，
梧桐夹道人形瘦。
反思管训有错误，
学不够，
一篇作罢留笑后。

1982年9月

渔家傲·领空巡逻

老虎屯外秋草盛,
晨飞又出机场动,
草合小路一条缝,
寂晓静,
征衣冲破宿鸟梦。

引擎呼啸信号送,
银燕纷纷塔台令,
出没渤海云气重,
朝霞应,
猛禽双双钻云空。

1982年9月

游千山二首

4月7日游千山，5年来学业繁重，未探亲且首次出游，攀北山顶，登天外天，见层松摇动，梨花泛影，遂成二首。

一

北岭苍松掩龙泉，
千山游人醉流连。
热情道士挥别语，
殷勤嘱我再上山。

二

神秘脚步好奇心，
深山古寺有意寻。
百年劲松罗四面，
万岁青崖堵白云。

林间穿行不择路,
峰顶大笑招友人。
千朵莲花生渤海,
也占北国名一分。

1983年4月

醉花阴·转场迁营

东驻西驻从无准，
四方漂流身。
昨从海滨行，
起步时候，
草地已萌金。

一夜穿山急行军，
大漠入已深，
此地春未动，
凭谁逆料，
一年两度春。

1983 年 5 月

小重山·机场之晨

东山蓦地火苗蹿，
旭日霞中露，
天际红。
芳草茵茵起绿绒，
林欲碧，
机场一片青。

百鸟婉婉声，
清晨好静谧，
来出征，
基地排排列战鹰，
开飞弹，
震撼亮长空。

1982年4月

塞上春

风呼树啸漫天渣,
乱滚黄云卷过沙。
扫尽高原应春梦,
可怜几处桃李花。

1983 年 5 月

春节

一

梦里一岁又去休，
春秋复转轮回初。
长河千载无所逝，
人间一瞬要白头。

二

不烦空屋耐寂寞，
沉浸幽居醉读书。
佳节余庆风散尽，
抖擞心神意志酬。

1983年1月

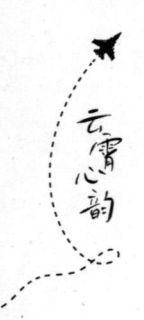

登骊山

九月酷暑势已衰,
戎马自为幽王哀。
依稀狼烟乱烽火,
铁骑万里美人腮。

1984 年 9 月

临江仙·探亲回乡

数年别后归乡路，
感极还觉陌生。
旧村已成新街容，
夹道梧桐树，
几家月季红。

西风残荷淅沥雨，
乌云半遮秦峰。
同学相邀龙窝酒，
世道改新语，
各自有前程。

1984年9月

穿云航行

气势谁来蒸,
烈日挂长空。
朝云横眼界,
颠轿入云龙。
空寂冬湖景,
冲撞两极冰。
梦幻变姿彩,
神奇在云中。

1985 年

复别书

千里边关落雁鸿,
心花伊始涩为终。
阅读遍遍心中泪,
追忆绵绵脑底空。
塞外苍穹人物小,
蒙旗沙草鬃马雄。
且将余愫消莹雪,
留与海霞共旭升。

1985年1月

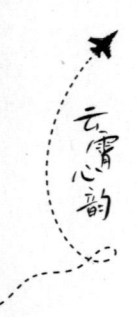

南湖雾凇

松结玉桃柳挂绸,
一夜琼树广寒楼。
千枝万簇新世界,
单色能美不胜收。

1984 年 12 月

校园夜思

孤影寒窗外，
暮雪踏松林。
不见相思者，
白月空许人。

1984 年 10 月

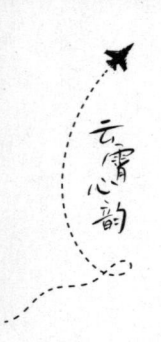

风声

晴日风声乱树，
远方事事连心。
门阶向阳似早春，
小路花园幽沉。

岁月寂寥边塞，
蓝天荒漠白云。
喀喇沁旗养精神，
寄情唯有一笔。

1985年1月

杨家山

午睡城边起，
日斜半落西。
山阶晃余梦，
苔藻飞素衣。
月季牵花语，
晚蝉悦耳鸣。
风动撩小句，
一时醉芳菲。

1987年8月

山居

一

闲居空山下,
徘徊古木森。
流萤织夏梦,
清风抚瘦魂。

二

唧唧林外鸟,
幽幽花径深。
遥知千丈岭,
难绝霄上人。

1987 年 6 月

登中梁山

莽莽苍苍万重山，
登高一览四面川。
夕落江峡水原秀，
火照渝城夜珊阑。
旷野星垂风惬意，
蛰虫伴耳醉欲眠。
跋涉红尘且一笑，
浓愁淡雨过难关。

1987年7月

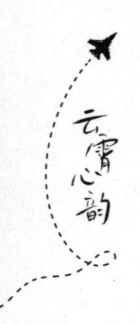

夏日巡山

松山巡警戒，
歇息岭上林。
独坐青石坝，
嗟浩天地深。
衣摆招摇逆，
长风驱乱云。
鲲鹏在何处，
翠陌万里阴。

1988 年 8 月

步云桥怀古

疏疏晨山影,
袅袅朝日辉。
东南有仙气,
飘然下翠微。
青山何不老,
壮士渺然归。
古道步云路,
直上三百梯。

1988年8月

寄友

一

宿身歌乐北，
意瘦花不名。
晚照春山秀，
月徊丽人行。

二

流水推心事，
江笛动舍容。
远航天地大，
再见定有成。

1988年

登歌乐山

又是夕阳染巴东，
歌乐山上雨初晴。
梯步从高极万里，
大千世界渺然空。
洋槐连片风掀雾，
几丛小梅岩上红。
渺小人生能几许，
长云如练月匆匆。

1988年4月

重庆雪

云儿晦暗,絮花飞扬。
心之依依,东北边防。
雪儿何来,有情寻我。
万里深情,目噙泪光。

1991 年 11 月

雨后清晨

小院清晨里，
秋雨润地松。
云浮巴蜀锦，
雾漫重庆城。
树叶珠光泪，
高台四季风。
岁月有长短，
相对水波平。

1989年10月

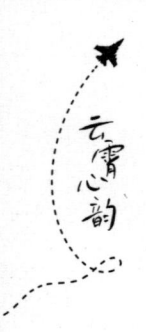

遗址感怀

当年萧瑟今又春,
山里山外见行人。
枪声已逝英雄在,
百年流血苦难深。
碑前多少伤怀事,
仰望红岩铸昆仑。

1991年4月

临江仙·川江渡口

万里飞来江津渡，
落身远在渝城。
水滨大雾断船行，
车塞岸边路。
人盼太阳风。

闲暇忽念十余年。
他乡物有相似。
十里红橘照暖情。
香飘四季路，
连绵万盏灯。

1993年12月

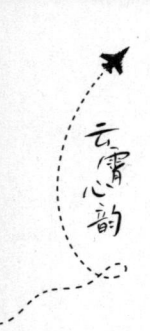

自勉诗

世事沧桑几轮回，
你不为时他有为。
且把青春作快马，
踏破千山犹可追。

扶孩学步

秋日渝州水潭，
碧桃线柳舟船。
娇女蹒跚学步，
屈指流年岁半。
岁月匆匆天穹下，
感叹莫过育小儿。

          1993年11月

北碚嘉陵江

青青嘉陵，渝城之上。
江岸新绿，浓雨初尝。
登高伫岭，春风鼓荡。
燕斜峡谷，牛耕水秧。
力量济济，万物并举。
用不失衡，国运永昌。

蜀中秋雨

久雨阴三世，
青苔满地生。
白鹅亲檐下，
蝌蚪摇水坑。
不问花间语，
但听万壑鸣。
丝瓜剩余果，
农户闲田耕。

1987年10月

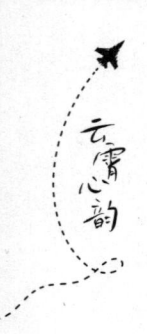

访友不遇

浊浪汹涌溅花溪，
涛声怎似人心急。
危桥来往惧无意，
为谁黯然为谁泣。
回首青山千嶂里，
林莽肃杀浮云寂。
盼君归时无归期，
归来如烟渺行迹。

1995年6月

赤峰

驻守边城时，
繁星满寒夜。
威武长天翼，
豪情大漠雪。
年少志酬酬，
风向旗猎猎。
今日渺苍穹，
故园新境界。

回乡春节

凭空一跃川陕间，
数千里地小时还。
殷勤飞雪来相送，
猛烈爆竹洗尘烦。
父母恩情千秋在，
手足情谊道不完。
大家饮宴长守岁，
国事家事彻夜谈。

冬日嘉陵江

平沙流水迤逦江，
千回百转出壑梁。
风霜雨雪都经得，
骑驴赶月赏大荒。

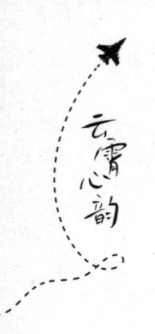

四兄弟春节

一

老屋南山下，
秦岭嗟如铁。
青瓦斜阳闭，
鹰翼傲残雪。

二

从军大漠北，
兄弟四人越。
十年复团圆，
一饮又分别。

1995年2月

回乡

一

故土别春二十年，
鸟声花语争趋前。
旧景斑驳影犹在，
新人新舍新果园。

二

旷野翠树千屏障，
无边青苗百里田。
重庆差友相随与，
满怀心绪到长安。

1996 年

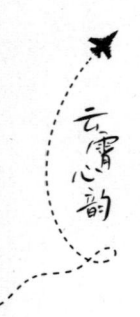

过华蓥山

云起苍松高山头，
磅礴无际万顷竹。
壁立转回秦皇钺，
江流挥舞吴王钩。

1996 年 9 月

校园·桃花溪

一

匆匆景色桃花溪，
烟静水平杨柳低。
渔人放竿钓日月，
书生伏凳专学习。

二

两三鸟鸣声姹耳，
几片蝶影枉东西。
风光留与他人看，
且把忧患越旖旎。

1996 年

秋词六句

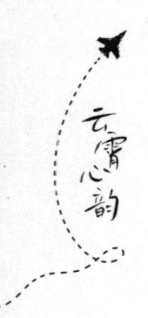

浓云低敛秋开幕，
大风吹起寒衣步，
萧条庭院闲人住。
日暮雨斜残塘里，
败叶纷飞门前树，
菊花不减香如故。

1997年11月

回大连

一

漫漫浓愁散北风，
牵云挂雨落辽东。
白玉山上观沧海，
鸡公岭下踏蒿蓬。

二

一十四年弹指去，
三十八载握手迎。
夜半中天明大月，
依依不舍走匆匆。

1999 年 5 月

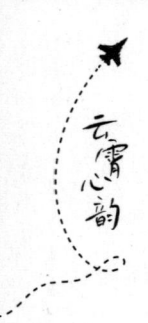

感春

一心沉案里,
楼外不知春。
开窗见新桐,
方知花可人。

1999年4月

无题

一

出走家园已过年，
半避风雨半避嫌，
桃红柳绿刺槐甜。

二

小院寂寥人去后，
春雨如酥可留恋？
挥手从容变管弦。

2000年4月

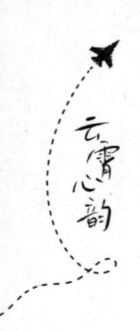

川主寺

冷云无际青稞黄，
山势起伏不可量。
沙砾流银冰点雨，
丹崖爆裂火焰光。
黑鹰气派盘人眼，
赤骏威风睨雪疆。
迤逦岷水红军迹，
旗帜擎举猎天扬。

2001年8月

浣溪沙·南山枇杷林

山下灯火醉红尘，
九天瘴雾匿星云，
青山孤影梦里人。

一从春雨初晴后，
寄予枇杷结香魂，
何期明月照如轮。

2002年8月

宿密云白河岛

湖波浩渺湛青蓝,
气象空明幽燕寒。
红叶出林应时染,
苍鹰入目势不凡。

2002 年 11 月

龙安水库防汛归途

大雨今日放新晴，
锦绣山川分外明。
向阳花木列田径，
蓬勃玉米晒彩英。
树竹稻桑各争翠，
鸟禽水瀑齐赛声。
脱得红尘烦恼事，
但愿长在此间行。

2003 年 6 月

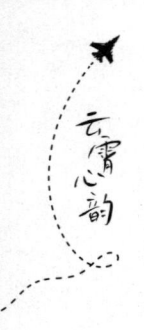

夜宿太极岛

太极岛上堪称奇，
水岸天工巧成谜。
犬吠池塘因鱼跳，
鸟惊深树是梦啼。
半明半暗中天月，
忽现忽隐水面脊。
虫声不眠绝睡意，
桥船舟影夜中移。

2003 年 10 月 7 日

黑山秋

一

清晨起山坳,
季节入寒冬。
流水漱双耳,
岚气拂葱茏。

二

立面三重嶂,
断崖一壑松。
真能置世外,
凡胎是仙踪。

2003 年 10 月

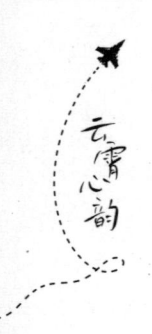

悟道

人生在世本平凡，
偶有辉煌也瞬间。
青山绿水澄意志，
闲云书翰润心田。
秋风瑟瑟梧桐冷，
雨雪霏霏雀鸟寒。
应付自如浑不易，
开心又寻一片天。

2005 年 9 月

乌江之春

武陵山尽画，
高耸云瀑低；
桃源土家饭，
菜花摄影衣。
江口招飞燕，
龚滩赶牧鸡；
一路春潮涌，
感人奋马蹄。

2006 年 3 月

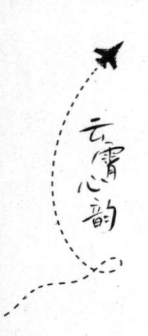

川西高原

高川冷艳一地花，
风摆经幡藏人家。
长云万里转空色，
青稞熟遍岷山洼。

2006 年 7 月

黄龙

黄龙峡谷形胜地，
按落云头道蜿蜒。
落英楚楚迎宾舞，
雪水融融退旅烦。

2006年8月

题山庄

一

古木苍苔梦已消,
青石壁立暗林梢。
潭影幽凉濯意气,
鸟声清越逐梦高。

二

缚蚕结蛹添美味,
断木生耳入佳肴。
西岭园居真有趣,
凭栏一醉卧松涛。

2006年8月

金佛山

金佛雄壮峙青云，
北望南川傲乾坤。
慈眉能调三省雨，
天语可唤八面神。

2006年8月

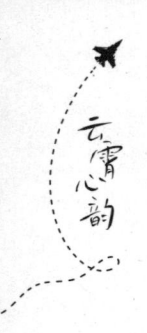

蜈支洲岛夜雨

一

惊风连远末,
万里看黑云。
光壁磨仙掌,
椰林拂暮村。

二

涛声雷闪电,
涌浪万马奔。
裂岸千钧响,
震撼夺三军。

2006 年

游三清山

云岭新绿一重重，
满目青川列画屏。
桃杏花开堆锦绣，
蝴蝶飞舞斑旅程。
怪石耸立凌天险，
栈道横斜万丈空。
三清山上夕照晚，
金蛇昂首眺华东。

2010年5月

题菊

玉手纤纤巧女针,
长戈飞吐英雄魂。
流光溢彩名四季,
野径栅栏俱黄昏。

2014 年

赞微信群自摘果园照

一树硕果引诗兴，
香飘四季悦友情。
邻家小妹共橘笑，
惹得红橙也有声。

2015 年 11 月

水调歌头·咏雪

墙壁伟人像，
瓦屋西北风，
门外苞谷场上，
云树裹无形。
数九寒天冰冷，
麦秸烧暖热炕，
飘雪望窗棂，
村堡绝狗吠，
鸟雀少翎踪。

春节近，
花衣俏，
挂宫灯。
幼稚十年过去，
大学吉林城，
银色长白山下，
错落松花江岸，
童话说雾凇。
一展凌云志，
头盔耀红星。

2015 年

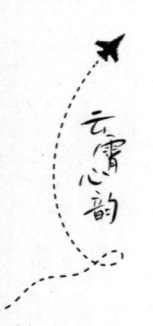

自驾川西

一

川藏风情万里颠，
十处不同九处天。
云拽光芒飘大美，
鹰牵梦想上高原。

二

红黄叶树倾秋水，
白露霜茅揖雪山。
挥手苍穹对羚马，
一捧哈达壮酒胆。

2015 年

题神龙峡

一

走进大自然，
清凉金佛山。
暮色沉峡谷，
耳树抱金蝉。

二

水流经夜语，
蜇曲起伏湾。
胸怀琵琶破，
天外有新天。

2016 年

忆长春

一

楼上春景似长春，
雏鹰展翅记大屯。
鹅柳碎冰新路草，
青桐乳燕旧巢门。

二

筋斗云中有黑视，
天庭户外无马群。
大城灯火摊珠玉，
神仙也曾是凡人。

2017 年 3 月

陕北壶口瀑布

又来瀑布陪友观，
枯木西风腊月天。
日偏金岭晖犹在，
月齐峡口影亦圆。

2017 年

疲惫思

一

何处企宁柔，
劳碌无处求。
天上云追月，
水里浪伏舟。

二

莫说有理智，
性格最堪忧。
平潭入瀑布，
看放也看收。

2019 年

春游

一

踏青上璧山，
极目三月天。
艳林客声沸，
香径故人恬。

二

逆光照花蕊，
顺云取垄烟。
豆蔻蝴蝶舞，
旧岁过新年。

2020 年

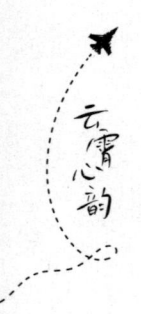

归乡

渭水疏林望余晖，
旅程难寄何处归。
秦腔汉韵千秋在，
大风白杨永不息。

2020 年 1 月

高速路早春

云飘风疾为爱奔，
只缘案牍常绘春。
江洲桃花心间影，
不逢知己不精神。

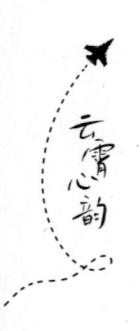

大观镇

一

低丘冷树望桥空，
鸟凄凝寒过雪冬。
大观园霜枯旧草，
红楼梦境旺新农。

二

花错季节田错色，
人归故园梦归朋。
南川旅游高境界，
山上山下生意红。

2019 年 1 月

林荫道上

昔时林荫道,
青春正年少。
今日林荫道,
去国还乡帽。
翠叶摆手舞,
白杨余落照。
苍鹰大漠缘,
嗟余一声笑。
朝霞继升起,
流云苍松抱。
岁月匆匆感,
自律新一课。

2021年4月

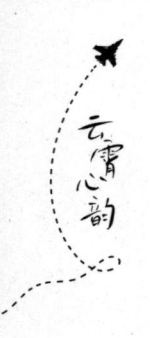

行川陕高速

一

行车川陕路,
春日过秦巴。
云展千峰绿,
风香四月花。

二

紫桐情绪浅,
喜鹊闹声喳。
难绘西川美,
草堂是大家。

2022 年 4 月

菩萨蛮·都江堰

窗外马路车如水，
门前窈窕叠旧影。
春色满青城，
洋槐带雨浓。
又访都江堰，
故人各分散。
岷江碧浪开，
奔流向未来。

2022年4月

祭母四言诗

大地凝寒，树木凋零。
疫病肆虐，寸步难行，
雪花凄切，乌鹊悲鸣。
淙淙流水，冻草结冰。
慈母忽逝，扶灵安葬。
乡路逶迤，哀思蓬蓬。
童步母影，宛若昨日。
纺车织机，劳尽身形。
从此归乡，再无人念，
门口送别，再无泪莹。
兄弟姊妹，各自为家，
孙儿孙女，雁影萍踪。
泪流满面，无以止哀。

2022 年 1 月

自省诗

干草白茅临碧水，
才疏学浅愧东风。
去日光景已无奈，
老骥伏枥有征程。

2022 年

山行

晨曦亮早霞，
万物沐光辉。
天风陇间客，
壮心草上飞。
黛岭朦胧过，
百念神圣归。
红色大潮在，
使命心芳菲。

2022 年 8 月

念奴娇·风的回忆

北方校树,
残雪里,
宿舍临湖环绕。
三九寒天尚无绿,
昼夜耳听呼啸。
风流少年,
嫩芽新柳,
世间千般好。
雄鹰银燕,
无惧沙尘风暴。

又曾东郊椰林
吊床摇摆。

忽遇卷浪高。
再忆雪山玉龙顶,
刺骨冰川盈照。
束紧羽绒。

急赴纳西乐,
故事已过,
更有期待,
日月潭边满月。

2022 年 8 月

避暑

一

迈走田野间，
风掠夏衣偏。
晨晖浸远润，
溪水胜金蝉。

二

畦稻初出穗，
峰谷方醒岚。
乘凉莫自误，
流火正人间。

2022 年 7 月

方队赞

军营号角虎争先,
方队雄风歌相连。
压倒精神处处养,
人民子弟钢铁坚。

嘉陵江春

三十里坡冻桐花，
千树万树吐新芽。
浮图关外春江水，
嘉陵一夜绿万家。

暑假忧农

七月流火下田园,
瓜果梨桃卖路边。
风来陇上趋前问,
可够省城学费钱。

拟悬空寺冬僧

　　山寺悬空避雪花，
　　朔风凛冽道切崖。
　　寻幽不过身居险，
　　会神全靠佛为家。

蜀院春

细雨朦胧蜀院凉，
满庭绿意争短长。
枝头忽染堆黄色，
一树枇杷出甜香。

山居云雾

山川万物蔽云间，
一派茫茫听金蝉。
身在西川凌云处，
笔颂苍生梦耕田。

摄夏景

半边乌云半边空,
晚来阵雨落院中。
未待路人收好伞,
青山一道出彩虹。

过祁连山

祁连暮云起，
暗影四处接。
青草弧山润，
牛羊坡地斜。
时阴时晴脸，
飞来飞去蝶。
菜花留尾韵，
欢乐可长约。

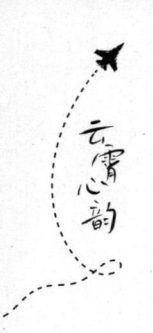

涝峪口

峪口消夏终南风，
北望长安夜火明。
若非秦岭参万木，
汉月唐宫半荒城。

行关中环线

锦绣逶迤半边天,
奇峰古刹望终南。
七十二峪出秦岭,
一十三朝入长安。

楼观台

郁郁苍苍竞翠深,
奇峰佳木幻亦真。
雨雪晴暗茶换酒,
山拔气象座腾云。

秦川之魂

秦岭南横看晨昏，
远近十里即摄魂。
山染秋林罗锦绣，
云镶朝日走金鳞。

梦的

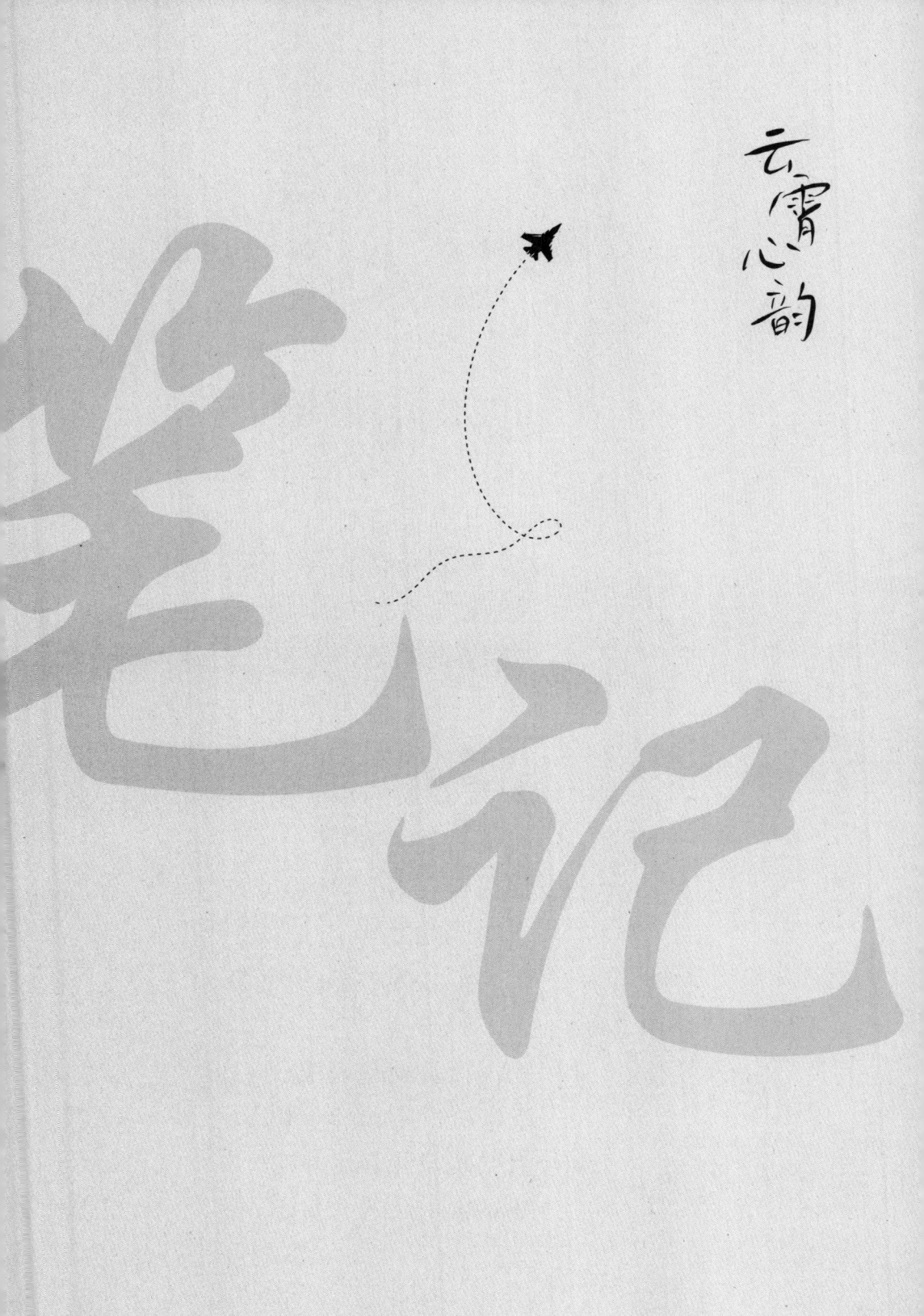

云霄心韵

笔记

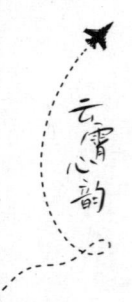

春的气息

柳丝儿温柔喷溅
碧玉般润泽线条
溪塘边
似闻春的笑语

心思踏行落叶
穿行于南方的春季
旧事袅袅浮升
飘荡于九霄云外
一对鹰的翅膀
载满了轰轰烈烈的孤寂

或许寂寞就是闪电
或许沉默不再有生机
但见蜜蜂儿奔忙
细品味生命的含义

槐树的风景

杨花追求马蹄下起浪
烟云喜欢在四季中随风
池塘在倒影里时时陶醉
燕子在斜雨中寻找平衡
黄土坡上
一株小槐默默无声

追求风势的烟云
最终烟消云散
时刻寻找平衡
却总是无地自容
唯有静悄悄的槐树
长成了挺拔的风景

1995年

陕北童年

沟壑　酸枣刺　干茅
金子般的阳光
寒冬里跳动的火苗

坎上灰烬　烟渺
看大雁南飞
拽红花小袄
童心　童谣

2017 年

中梁山古蜀道

转来崖边
掩入荻丛
灌木　欠身迎接
青苔　随雨铺就
只是　再听不见
依稀旧时马蹄声

秀美的溪帘涌入
铿锵汉子的领带
几只蝴蝶牵行
踏青丽人的笑容
目光仰视着

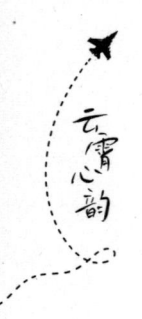

或许似曾相识
失落人回首
也许常在梦中

人与山有什么区别
从今截取
这一段热肠
朝夕相伴
时代的磬钟

1988 年

梦的笔记

你是燃烧的红烛
点亮疲惫的眼睛
轻言心语
你可是入夜的昙花

什么种子
开始生根发芽
当时的身影
叠上小王子的童话
梦与梦的相识
该是生命中的太阳花

一梦醒来
寻不到你的面颊
寒风依旧
散乱了黑发
宇宙的黑洞
是你的衣袖
所有的星星
拂灭在天涯

默然失语
这该不是
摇曳的花

2007 年

演唱会之夜

独坐一隅
观舞
旋转灯刮起
鹅毛大雪
扫过每一张专注的脸
在凄婉的节奏里
苍穹笼盖
演出场状若花伞
倒盛那此起彼伏的
激情

冬月的夜空
如水
离开那好生
伤感的地方
街灯并肩而行
有微风轻拂
若即若离的纱巾
许久
听一个声音传来
说我是从月亮中
走出的太阳

是不是还记得

——军校校庆之歌

是不是还记得
大操场边上那株丁香花
她开得那么明丽
伴着我们青春的朝霞

是不是还记得
洼地里的那一排排菜窖
炙热的汗水
凝成我们寒冬里的沙拉

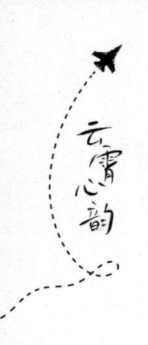

是不是还记得
盛夏的酷暑
我们拉来一车车红砖
建筑了学校
四周的"篱笆"

是不是还记得
三人成行四人成方的规矩
让我们走进了五商店的繁华
对比囊中的羞涩
更坚固了事业的盔甲

是不是还记得
那南湖里婆娑的烟柳
多少情侣在漫步穿花

而我们却轻轻飘过
紧一紧肩负的理想袈裟

是不是还记得
那粗糙的高粱米
为我们制造了多少佳话
大家互通有无
你吃着十一队的油条
他啃着十二队的麻花

是不是还记得
那些为我们印刷了箴言的教员
他们满身的墨香
已伴我们走过了三十五个冬夏

是不是还记得
那长春火车站月台的泪水
让我们的悲伤
终生难以放下
生死离别
青丝白发
孤旅天涯

你一定记得
你一定记得
敬爱的战友
假如还有来生
让我们继续做
军营里的兵娃

假如……如果……

从青年到成年
离了父母的窝巢
你憧憬你打拼
挫折刺穿无数的泡沫
许多个疑惑涌来
假如……如果……
问高天上流云
总那么一晃而过
问青青的草原
眨眼间风吹雪落

假如，如果，
有谁看到过后悔药

假如，如果，
谁找到过倒流的河
假如，如果，
是看得太近
假如，如果，
是自己尚没有悟道

其实人生的每一步选择
你并没有过错
因为你那时的水平
就决定了那样的选择
又何必用假设
在光阴中自相折磨
又何必终日懊恼
失去总结与提高

假如，如果，
莫用现在的认知
去套牢身后的经过
唯有学习和感悟
能减少前方的蹉跎

2016 年 9 月